銀髮川柳 3

喜歡比我年長的對象，但他們都不在了

シルバー川柳 3 来世も一緒になろうと犬に言い

統籌者／日本公益社團法人全國自費老人之家協會
編者／POPLAR社　繪者／古谷充子

suncolor 三采文化

銀色／銀髮族

【シルバー（silver）】

關於世界

在日語中，「シルバー」這個外來語，是老人的代稱。根據世界衛生組織，於二〇一〇年針對成員國的統計，六十歲以上人口比例最高的國家是日本，為二九％，其次是德國、義大利和聖馬利諾（San Marino）。

美國的六十歲以上人口比例則為一八％，中國為一二％，世界平均一一％。而統計中，比例最低的國家是卡達和阿拉伯聯合大公國，均為二％。

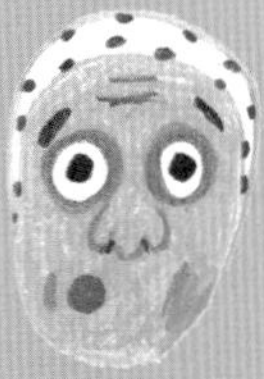

曾經追求的
自由與時間
現在多得煩人

藤原信／女性／岩手縣／七十七歲／無業

天氣好熱
拿了遙控器
打開的卻是電視

佐佐木郁子／女性／宮城縣／七十五歲／無業

「我先去睡了」
妻子卻回答
「請安息吧」

朝倉道子／女性／埼玉縣／七十一歲／家庭主婦

孫子問
為什麼我的膝蓋
會發出喀喀笑聲？

飯田芳子／女性／埼玉縣／五十九歲／無業

白內障手術後
驚恐不已
老人斑和皺紋都變得太清楚

村川清嗣／男性／大阪府／七十一歲／無業

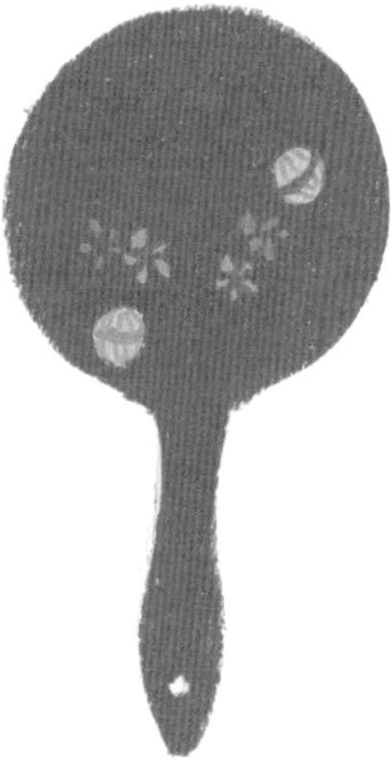

食物過期了
老婆說不能給狗狗吃
所以叫我吃掉

足立忠弘／男性／東京都／七十四歲／無業

通
八

說我露出本性了！
但我只不過是
不再裝傻而已

阿部浩／男性／神奈川縣／五十三歲／上班族

真棒的詩句呀
晚上睡前都是靈感
一早醒來卻全忘了

久保靜雄／男性／埼玉縣／七十三歲／無業

既然是回診接駁車
就別和我說
歡迎搭乘這種話

安永富男／男性／福岡縣／八十四歲／無業

曾孫的名字
我不會念、不會寫
甚至聽不清楚

松本俊彥／男性／京都府／四十八歲／上班族

向醫生說明症狀
越說越細
醫生開的藥也越來越多

須藤貞子／女性／奈良縣／八十五歲／無業

體檢過後
太太突然變溫柔了
令人害怕

細野理／男性／岐阜縣／六十三歲／自雇者

骨質越來越疏鬆
朋友越來越少
脾氣卻沒有變好

上川康介／男性／廣島縣／五十三歲／公務員

省錢存錢一輩子
要用的時候
人已躺在病床上

湯澤力男／男性／福島縣／六十九歲／無業

女僕咖啡廳？
在黃泉冥土*
也有咖啡廳？

竹村友子／女性／三重縣／三十六歲／兼職

*編按：日文中「女僕（メイド）」和「冥土（めいど）」發音相似。

孩子已離巢
先生已離世
我的青春終於來了

蓮見博／男性／栃木縣／六十一歲／無業

醫生先生
請檢查看看我的身體
別再看電腦了

佐藤光紀／男性／秋田縣／七十四歲／農民

聽力有夠差
就連電話詐騙的人
都一籌莫展

岩間康之／男性／兵庫縣／六十歲／公務員

任何一秒
告別世界都可以
不是今天就好

千兩／女性／神奈川縣／八十四歲／無業

到了這個年紀
只求世界多給我
一點溫柔

宮澤淑子／女性／大分縣／七十四歲／家庭主婦

在路上訓練腿力腰力
路人好怕我
以為失智老人在遊蕩

立川三郎／男性／東京都／六十八歲／無業

太誇張了
要想算年紀
得橫跨三個年號*

石川昇／男性／東京都／五十五歲／銀行職員

*編按：指作者人生橫跨昭和、平成、令和三個年號／時代。

和孫子玩投球
居然被誇獎
投得還算準

中林和子／女性／東京都／七十一歲／家庭主婦

我只和狗狗說：
下輩子
也要在一起哦

延澤好子／女性／神奈川縣／五十六歲／兼職

打理一下墓地吧
畢竟也
快要搬進去了

蓮見博／男性／栃木縣／五十六歲

遺囑寫好了
可以安心地
繼續長壽下去了

富澤舜／男性／北海道／八十三歲／無業

今天打扮得很年輕吧
不料還是
被讓座了

佐藤祐子／女性／千葉縣／六十一歲／家庭主婦

待在家裡招人煩
出門又怕出意外
真是困擾呀

福井敦子／女性／北海道／七十七歲／家庭主婦

對老人家來說
收快遞就像
記憶力大考驗

藤澤繁夫／男性／石川縣／五十五歲／裝裱師

每天早上
我都會準備養生茶
和亡妻一起分享

深谷正雄／男性／神奈川縣／八十九歲／無業

診所的停車場
簡直就是
高齡駕駛標示牌特展

行村照子／女性／山口縣／七十七歲／農民

七夕了
偷偷看一下
老伴今年許什麼願

田中淺野／女性／京都府／八十四歲／無業

「人」這個字
就是和老伴
靠在一起的象形字呀

松川涙紅／男性／埼玉縣／七十三歲／無業

就算年過九十
還是很在意
食材的產地安全

小川喜洋／男性／東京都／六十六歲／兼職

對老人家來說
這個世界
到處是陷阱

ELVIS 松尾／男性／東京都／六十三歲／工藝品師傅

到了死後的世界
我們就只是朋友喔
妻子這樣對我說

藤本明久／男性／石川縣／六十四歲／
經營廣告事務所

上了年紀泡溫泉
就好像在泡足湯
大家都不敢下水

德江和雄／男性／東京都／八十歲／無業

把駕照給註銷吧
是因為汽油太貴了
絕對不是因為我老了

高橋多美子／女性／北海道／四十七歲／家庭主婦

聚餐進入尾聲
大家紛紛
拿出藥來收尾

牟禮丈夫／男性／京都府／七十九歲／無業

老伴開始碎念時
我總會默默
把助聽器拔掉

金井貢二／男性／兵庫縣／五十九歲／上班族

爺爺的煩惱
白天小睡一會兒
晚上就睡不著了

美知子／女性／千葉縣／八十二歲／家庭主婦

為什麼爺爺整個中元節都在看醫生？

斜眼看人的媳婦／女性／大阪府／五十四歲／自雇者

「那個在哪裡？」
「就放在那
對啦就就是那個」

濱元祐實／女性／千葉縣／四十二歲／家庭主婦

開始執行
斷捨離的妻子
默默看向了我

石澤幸弘／男性／鹿兒島縣／四十九歲／上班族

幫忙做家事
卻差點釀成火災
於是我二次退休

內藤幸雄／男性／福岡縣／七十三歲／無業

退休後成了沒用的人
老婆開始分類垃圾時
我就心慌到不行

岡部晉一／男性／神奈川縣／七十二歲／無業

照護員是個大帥哥
惹得老媽
雀躍不已

伊藤美由紀／女性／愛知縣／四十六歲／事務員

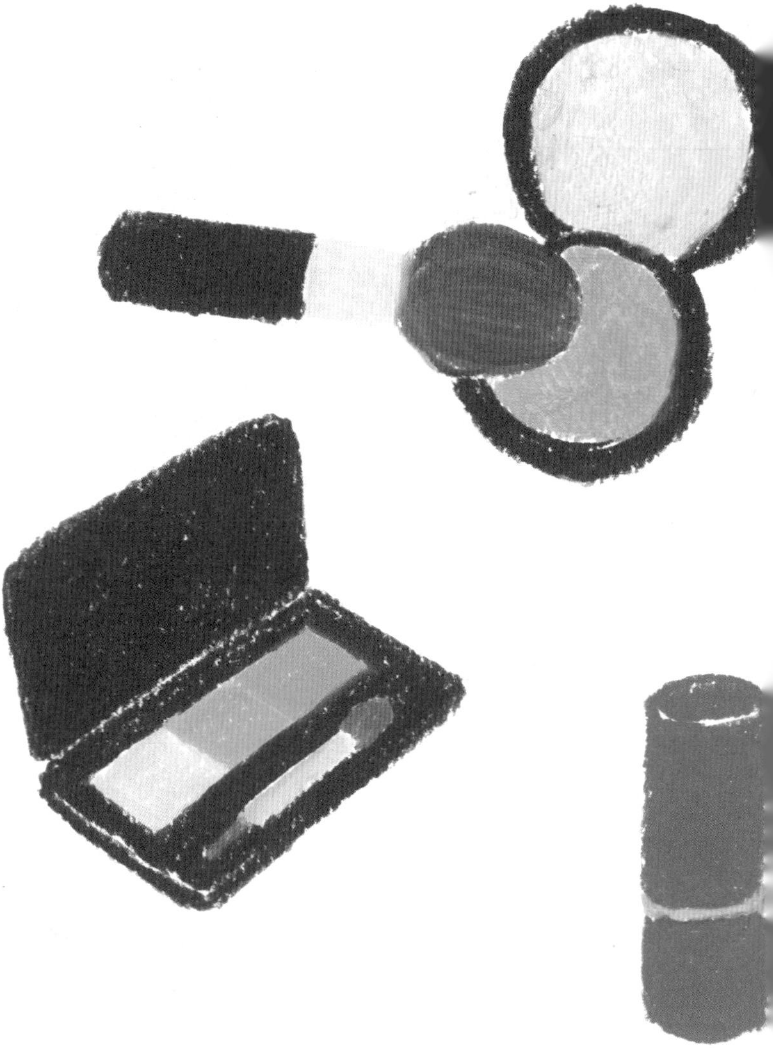

皺紋太多了
手上的生命線
一路延伸到手腕

後藤惠子／女性／山口縣／四十七歲／兼職

醫生你也幫幫忙
別把所有病症
都推給「老化」

松本美代子／女性／東京都／六十七歲／家庭主婦

衣服前後穿反啦
才笑完別人
發現自己也一樣

只差一步／女性／廣島縣／四十七歲／家庭主婦

祖母把遙控器
當成電話
說得正起勁

中島優子／女性／神奈川縣／三十五歲／家庭主婦

所有約定
都有一條但書
「如果我活得到那時」

佐野由美子／女性／三重縣／三十八歲／專業人士

乾裂的傷口有好多
歪歪的筋骨也不少
體內水分更是不夠呀

海老原順子／女性／茨城縣／五十二歲／家庭主婦

不知道在
死後的世界
有沒有咖啡廳可以去

泡沫璃／女性／東京都／四十八歲

聽說新來的病人
必須休息三天
真的好可怕

殘間幸治／男性／東京都／四十五歲／上班族

在百元商店*問店員請問這個多少錢？

蜜柑星／女性／靜岡縣／三十七歲／上班族

*編按：日本的百元商店，所有商品一律一百日圓。

忘記兇手是誰了
只好把推理小說
重看一遍

北村幸子／女性／滋賀縣／五十歲／家庭主婦

喜歡比我
年長的對象
但他們都不在了

山田裕樹／男性／福岡縣／二十六歲／ＩＴ工程師

最近吃飯
食物都會掉出來
牢騷也會跑出來

二瓶博美／男性／福島縣／五十二歲／無業

眼睛耳朵
越來越差
直覺卻更敏銳了

林本和俊／男性／靜岡縣／七十八歲／無業

太太催促我
趁還有頭髮時
趕緊拍遺照

楠畑正史／男性／大阪府／六十四歲／約聘人員

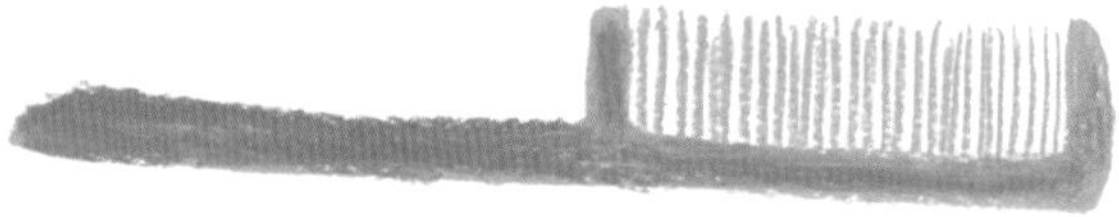

護理計畫
（CARE PLAN）
聽不懂啊
請說日語好嗎

三田進平／男性／茨城縣／八十二歲／無業

即使年屆古稀
我家老頭子
還是肉食系的

掛園明江／女性／宮崎縣／六十二歲／無業

老伴對著詐騙電話說教
似乎把這
當成消遣了

晴康／大阪府／五十二歲／上班族

老人家流行的
不是AKB
是AED*

井上辰登／男性／德島縣／六十歲／無業

*編按：AKB是日本大型女子偶像團體AKB48之簡稱，AED則是自動體外除顫器之縮寫。

不可一世的老爸
遺書裡竟然
滿滿的錯字

松田勝／男性／千葉縣／七十一歲／製版師

自己是不是也算
瀕危物種啊
突然心慌了一陣

三谷欣也／男性／神奈川縣／八十一歲／無業

多虧這慢性病
我獲得了
預測天氣的能力

心跳小玉／女性／熊本縣／四十五歲／家庭主婦

怎麼想都無法理解「長壽」的價值是什麼

坂本真理子／女性／埼玉縣／六十二歲／家庭主婦

雖然是老太太了
聽到有人叫「美女」
我還是會回頭

白倉真麗子／女性／埼玉縣／講師

吵架的時候
能一路翻到
昭和初期*的舊帳

瀨戶畢莉卡／女性／神奈川縣／四十六歲／
平面設計師

*編按：指一九二六～一九四五年。

家中地位排序
妻子，狗狗
金魚，我

吉增健二／男性／福岡縣／四十八歲／上班族

自從獨居後
對會說話的電器
情有獨鍾

山下奈美／女性／靜岡縣／三十八歲／家庭主婦

要是不隨便
回應些什麼
老伴又要從頭說一次了

加藤正江／女性／宮城縣／五十六歲／家庭主婦

去醫院的次數多到
連護士們的班表
都記住了

離巢男子／男性／埼玉縣／五十三歲／上班族

明明發誓要
白頭偕老的
老公卻禿光了

小林和幸／男性／奈良縣／七十二歲／無業

碰上強硬推銷時
只好和老伴
一起裝老年痴呆

我樂多／男性／大阪府／七十歲／無業

腿和腰的復健
太賣力了
現在膝蓋痛

市丸真由美／女性／福岡縣／四十三歲／家庭主婦

做完大掃除
傳病危通知給兒子
說我快沒命了

小松武治／男性／東京都／七十四歲／無業

把牛仔褲的破洞
補了起來
結果被罵了

鈴木弘人／男性／神奈川縣／七十四歲／無業

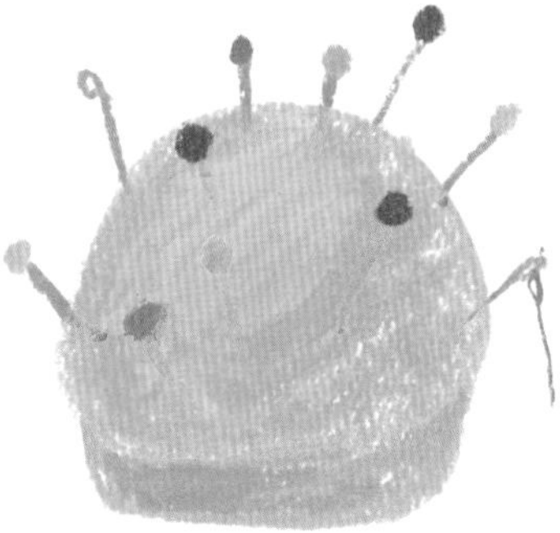

曾經在背上哭的孫子
如今也能
背著我去看戲

金川達生／男性／東京都／七十一歲／董事

打開冰箱真驚訝
裡面怎麼
有支遙控器

佐藤登美子／女性／茨城縣

在家庭會議上
我的駕照
被吊銷了

優良駕駛／女性／廣島縣／四十三歲／上班族

那些沒來醫院的人
是不是哪裡
不太舒服啊

松澤季吽／男性／京都府／四十五歲／上班族

受付
会計

博學多聞的爺爺
竟然愛上了
看電視

高野健藏／男性／新瀉縣／六十一歲／農民

雖然被稱為銀髮族
但還是更喜歡
「金」這個字啊

夢想黃金般生活的人／女性／愛知縣／二十八歲／上班族

偷吃了
孫子的點心
賴給家裡的貓

銀河／女性／福岡縣／四十八歲／無業

妻子手中緊握的
曾經是我的手
現在是存摺

小出順子／女性／愛知縣／五十三歲／上班族

在一百歲的時候
買了「十年日記」
士氣大振

角貝久雄／男性／埼玉縣／七十二歲／無業

和老伴都
洗好澡了
怎麼才傍晚六點

川北佐代子／女性／千葉縣

結語

老後的日子，有冷汗也有歡笑

「銀髮川柳」是由日本公益社團法人全國自費老人之家協會主辦，自二〇〇一年起，每年舉辦的短詩徵集活動。

該計畫的初衷，是希望讓人們透過簡單的短詩創作，以積極和歡笑的方式擁抱老年生活。截至二〇一三年時，我們已收到超過十二萬首川柳來稿。由於在日本，POPLAR社出版的前兩冊原版書籍收到無數的正面回饋，我們決定出版第三輯《銀髮川柳3：喜歡比我年長的對象，但他們都不在了》。

自該系列問世以來，我們收到許多讀者來信，紛紛讚美道「完全感同身受」、「好久沒有笑到流淚了」。而在得知本書引起的歡笑和共鳴，漸漸成為在日常生活中鼓勵人們、甚至加深家人朋友間情感的力量，更別提還有來自讀者們的鼓勵與支持，都令我們感到莫大的榮幸。

本書中，共收錄了九十一首短詩，包括二〇一三年秋天選出的第十三屆比賽獲獎作品。內容涵蓋日常生活、家庭軼事，甚至愛情、養老、金錢等方面的觀點，都被精美地濃縮在短短幾個字中，令人忍不住嘴角上揚，部分則叫人捏一把冷汗。

其中，有一位三十多歲的投稿者寫到了自家奶奶的趣事（祖母把遙控器／當成電話／說得正起勁）；另一位七十多歲的女士，則分享了與孫子的一段日常（和孫子玩投球／居然被誇獎／投得還算準），當我讀到這段文字時，感覺彷彿自己也是這個家庭的一員，令人會心一笑。

「銀髮川柳」系列，為已步入超高齡社會的日本，注入了一抹犀利幽默的光彩。提醒我們，即使面對殘酷的現實，也請記得微笑。透過川柳，我們想告訴世人，每個人都不孤單。如果這本書讓你感到慰藉或帶來歡笑，將是我們最大的榮幸。

最後，我們想對那些同意將作品收錄進本書的作者們，表示衷心的感謝。

日本公益社團法人全國自費老人之家協會
POPLAR 社編輯部

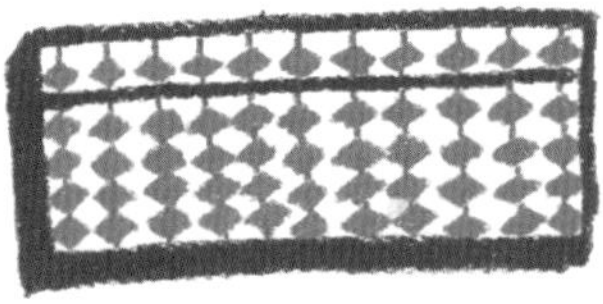

本書內容，是由全國自費老人之家協會主辦的「銀髮川柳」活動的入圍作品和投稿作品收錄而來。

其中包括：第八屆、第十三屆入圍作品，以及第四至第十一屆投稿的優秀作品。

- 入圍作品部分，是由全國自費老人之家協會選出；投稿優秀作品則是 POPLAR 社編輯部精選收錄。
- 其中作者的姓名／筆名、年齡、職業、地址等資訊，均按投稿時的資訊為準。

統籌者介紹：

日本公益社團法人全國自費老人之家協會

成立於一九八二年，旨在照顧自費養老院的使用者，並促進長照、養老領域的健全發展。該協會的運營範圍相當廣，包括入住諮詢、業者經營支援、入住者基金管理、員工培訓等多個方面，並獲得日本厚生勞動省的認可。

「銀髮川柳」為該協會主辦，自二〇〇一年起每年舉辦的短詩徵集活動。只要是與高齡化社會、高齡者的日常生活相關，題材、申請資格皆無任何限制。為反映日本步入超高齡社會，並為銀髮世代發聲的獨特活動。

國家圖書館出版品預行編目資料

銀髮川柳 3：喜歡比我年長的對象，但他們都不在了 / 日本公益社團法人全國自費老人之家協會編，古谷充子繪. -- 臺北市：三采文化股份有限公司，2024.12
面； 公分. -- (Mind map；281)
譯自：シルバー川柳 3 世も一緒になろうと犬に言い
ISBN 978-626-358-516-4(平裝)

861.51 113013988

suncolor 三采文化

Mind Map 281

銀髮川柳 3：

喜歡比我年長的對象，但他們都不在了

統籌者｜日本公益社團法人全國自費老人之家協會
編者｜POPLAR 社　繪者｜古谷充子
編輯三部 副總編輯｜喬郁珊　責任編輯｜楊皓　版權選書｜劉契妙
美術主編｜藍秀婷　封面設計｜莊馥如　內頁編排｜顏麟驊
行銷協理｜張育珊　經紀行銷副理｜周傳雅

發行人｜張輝明　總編輯長｜曾雅青　發行所｜三采文化股份有限公司
地址｜台北市內湖區瑞光路 513 巷 33 號 8 樓
傳訊｜TEL: (02) 8797-1234　FAX: (02) 8797-1688　網址｜www.suncolor.com.tw
郵政劃撥｜帳號：14319060　戶名：三采文化股份有限公司
本版發行｜2024 年 12 月 27 日　定價｜NT$250